La mise en pages est adaptée avec des espaces augmentées entre les mots et les lettres pour faciliter la lecture.

Les mots-outils sont encadrés en jaune pour que l'enfant les repère facilement.

Une grande illustration accompagne le texte et guide la lecture.

Kakamoras
Maui
Vaiana
Pua

Disney
VAIANA
LA LÉGENDE DU BOUT DU MONDE
Te Fiti
Les parents
Grand-mère Tala
Heihei

Pour préparer la lecture

une île

un océan

une pirogue

un crabe

un hameçon

un monstre

Les mots-outils

Tu les vois très souvent dans tes lectures.

les | un | une

il | elle | son | ses

dans | avec | pour

et | mais | lui

est | c'est | que | qui

Et aussi, pour t'aider !

Écoute le nom de chaque couleur, tu entendras le son que font les lettres associées.

ou →	rouge	ai / ei →	violet
oi →	noir	au / eau →	jaune
on / om →	marron	eu →	bleu
an / en / em →	orange	in →	vert sapin

La petite 

vit sur l'île de Motunui.

Elle adore écouter sa grand-mère 

.

Tala raconte la légende de Te Fiti, l'île qui a perdu son cœur.

Un jour, Tala donne
une pierre à Vaiana.

Elle lui dit :
« L'Océan t'a choisie,
tu dois rendre son cœur
à Te Fiti. »

Courageuse, Vaiana
quitte son île.

Elle prend une pirogue
et part en mer.

Après une tempête,

Vaiana rencontre  Maui .

Il n'a plus de pouvoirs

car il a perdu

son hameçon magique.

Ils repartent ensemble

à l'aventure.

Un crabe géant garde
l'hameçon magique.

Vaiana et Maui combattent
le redoutable crabe.

C'est difficile, mais
ils reprennent l'hameçon.

Maui retrouve ses pouvoirs.

Vaiana et Maui pensent arriver devant Te Fiti.

Un monstre de lave brûlante leur barre le chemin !

Maui utilise
son hameçon magique
pour se défendre.

Mais il l'abîme
et abandonne le combat.

Vaiana est seule
et découragée.

Elle lâche le cœur
de Te Fiti dans l'Océan.

C'est alors que Vaiana
entend Tala lui parler.

Réconfortée, Vaiana
plonge et récupère
la pierre enchantée.

Elle décide d'affronter le monstre. Il l'attaque et lui lance de la lave !

Maui réapparaît pour l'aider avec son hameçon magique.

Vaiana place la pierre
dans le cœur du monstre.

Sa colère s'en va.

Le monstre se transforme
et Te Fiti, l'île fleurie,
apparaît.

Vaiana a réussi !

Elle rentre sur son île
où toute sa tribu l'attend.

Les parents de Vaiana
sont fiers et heureux !

As-tu bien compris l'histoire ?

1 Où vit Vaiana ?

2 Que donne Tala à Vaiana ?

3 Quel est l'objet magique que Maui veut récupérer ?

4 Qui aide Vaiana à affronter le monstre de lave ?

5 En quoi le monstre de lave se transforme-t-il ?

Et toi, qu'en penses-tu ?

Aimes-tu que l'on te raconte des histoires comme Vaiana ?

Es-tu déjà monté(e) sur un bateau ?

Connais-tu le nom d'un océan ?

Comme Maui, as-tu déjà aidé un(e) ami(e) ? De quelle manière ?

Penses-tu que Vaiana est courageuse ? Pourquoi ?

Disney
LE LIVRE DE LA JUNGLE
Baloo
Bagheera
Mowgli

Les singes
Le roi Louie
Les rapaces
Shere Khan

Pour préparer la lecture

un tigre

un loup

un ours

un singe

la jungle

une panthère

Les mots-outils

Tu les vois très souvent dans tes lectures.

un une des les

son il lui

dans avec mais pour

est c'est et

que qui

Et aussi, pour t'aider !

Écoute le nom de chaque couleur, tu entendras le son que font les lettres associées.

ou →	rouge	ai / ei →	violet
oi →	noir	au / eau →	jaune
on / om →	marron	eu →	bleu
an / en / em →	orange	in →	vert sapin

Dans la jungle,  ,

la panthère noire,

a trouvé un bébé

abandonné dans un panier.

Bagheera confie le bébé

à une louve.

Mowgli grandit avec

les petits loups

dans la jungle.

Mais  Shere Khan, le cruel tigre affamé, est revenu !

Les loups décident :

–  Mowgli doit quitter la jungle pour un village d'hommes.
Là-bas, il sera en sécurité.

La jungle est immense.

accompagne

.

Le garçon se dispute
avec la panthère :
il veut, à tout prix,
rester vivre dans la jungle.

Mowgli s'enfuit.

En route, 

rencontre
la troupe des éléphants.
Il aimerait jouer avec
leur petit.

Or, le grand chef
de la troupe est sévère :
– Pas d'homme
sur notre territoire !

Mowgli tombe sur 
Baloo ,

un gros ours gris très drôle.

Mowgli s'amuse avec lui :

c'est la belle vie !

La panthère persuade l'ours

que 

doit rejoindre

le village.

Une bande de singes délurés

kidnappe le garçon.

doit être délivré !

invente une ruse.

Déguisé en guenon,
il chante et danse parmi
les singes. Il en profite
pour enlever 

.

Mais le garçon s'échappe
encore.

Oh, oupidou,
je voudrais marcher
comme vous...

C'est alors que le tigre

Shere Khan

retrouve

Mowgli

.

Il bondit sur le garçon !

Ouf !

Baloo

arrive à temps.

Mowgli doit aider son ami.

Il ramasse une branche
enflammée par la foudre.

Il fonce sur le tigre
qui s'enfuit, terrorisé.

Baloo

est blessé

mais il est robuste.

Il reprend vie !

Mowgli

est soulagé

de pouvoir câliner

son énorme ami adoré.

Enfin arrivé près du village,

découvre une charmante demoiselle.

Il part avec joie
vers sa nouvelle vie
parmi les hommes.

As-tu bien compris l'histoire ?

1 Que trouve Bagheera dans un panier ?

2 Pourquoi Mowgli doit-il quitter les loups et la jungle ?

3 Pourquoi Mowgli s'enfuit-il ?

4 Qui est le meilleur ami de Mowgli ?

5 Qui décide Mowgli à partir vivre avec les hommes ?

Et toi, qu'en penses-tu ?

Qu'aurait pu faire Shere Khan à Mowgli ?

Connais-tu d'autres histoires avec des animaux ?

As-tu déjà dormi dans une autre famille que la tienne ?

Que dois-tu faire qui est bon pour toi, mais qui ne te plaît pas ?

Peux-tu chanter une chanson du dessin animé ?

Dans la même collection :